nickelodeon

Bienvenue chez les Loud

Courage, Clyde !

Adaptation : Olivier Gay.
Création graphique du roman : Le chalet graphique.
Hachette Livre, 58, rue Jean-Bleuzen, 92178 Vanves Cedex.

nickelodeon

Bienvenue chez les Loud

Courage, Clyde !

hachette
JEUNESSE

LINCOLN

Dans la famille Loud, il y a toujours de l'ambiance. Il faut dire qu'avec onze enfants, on ne s'ennuie jamais. À 11 ans, Lincoln est le **seul garçon**. Et pour survivre à ses dix sœurs, autant avoir un plan et rester zen !

11 ans

LORI

Lori est l'aînée de la fratrie et la **chef** auto-proclamée. Son portable à la main, elle passe son temps à appeler Bobby, son petit ami.

17 ans

LENI

Naïve et tête en l'air,
Leni est toujours
à la pointe de la **mode**.
Elle dessine et coud
des tenues hyper stylées !

16 ans

LUNA

Luna, la **rock star**,
adore parler en chantant
et jouer de la guitare,
son instrument préféré.
Avec elle, difficile d'avoir
un peu de calme.

15 ans

LUAN

Comédienne dans l'âme, Luan est un vrai petit **clown**. Elle raconte sans arrêt des blagues et adore faire rire son frère et ses sœurs.

14 ans

LYNN

Pour Lynn, il n'y a rien de mieux que le **sport**. Plus elle peut se dépenser, plus elle s'amuse !

13 ans

LUCY

À 8 ans, Lucy ne parle que de choses tristes et effrayantes. Avec son look **gothique**, elle fait peur à Lincoln, qui ne la voit souvent qu'au dernier moment.

8 ans

LANA

La jumelle de Lola est son parfait opposé ! Elle aime fouiller les poubelles pour y trouver des choses **sales** et dégoûtantes.

6 ans

LOLA

Lola se prend pour une vraie **princesse** ! Seuls le rose et les paillettes trouvent grâce à ses yeux.
Très maligne, elle obtient souvent ce qu'elle veut.

6 ans

LISA

Du haut de ses 4 ans, Lisa est la plus **intelligente** de la famille.
Cachée derrière ses grosses lunettes, elle a réponse à tout !

4 ans

LILY

Le petit **bébé** des Loud est la chouchoute de toute la famille. Surnommée affectueusement << la machine à popo >>, Lily cherche par tous les moyens à se débarrasser de sa couche sale !

15 mois

CLYDE

Fils unique, Clyde adorerait avoir plein de sœurs. Toujours fourré chez Lincoln, son **meilleur ami**, il est fou amoureux de Lori.

11 ans

Clyde est amoureux

Vous connaissez tous Lincoln, ce garçon qui vit dans une grande maison avec ses dix sœurs. Sa vie n'est pas facile tous les jours, mais au moins il a l'habitude de fréquenter des filles et n'est pas mal à l'aise en leur présence. Ce n'est pas le cas de son meilleur ami, Clyde, qui perd toujours ses moyens lorsqu'il discute avec l'une d'elles.

Il a longtemps été amoureux de Lori, la sœur aînée de Lincoln. Peu importe qu'il ait dix ans et elle dix-sept, il était convaincu de la profondeur de ses sentiments.

Malheureusement, elle ne lui a jamais accordé un regard – elle a même un petit ami de son âge. Autant dire que ça n'aurait jamais pu marcher.

Mais aujourd'hui, tout va changer !

Clyde est en train de faire des travaux pratiques à l'école pour le comité de danse. Avec Emma, Chloé et Ryker, il est chargé d'organiser le grand bal de la Saint-Valentin ! Certains fabriquent des cœurs en ruban, d'autres peignent à l'aquarelle tandis que lui-même dessine au crayon à papier.

Sans regarder, il tend la main vers la colle… et sa main vient effleurer celle de sa voisine Emma, qui voulait attraper le tube au même moment.

Aussitôt, des frissons remontent le long du bras de Clyde tandis que des cœurs apparaissent dans ses yeux. Ce simple contact lui fait perdre ses moyens !

– Oups, désolé, Emma, parvient-il à bredouiller.

– Ce n'est pas grave, Clyde, répond-elle en souriant.

Ce sourire est tellement captivant que le garçon se met à rêver… juste au moment où Cheryl arrive. C'est la secrétaire de l'école, et c'est aussi elle qui s'occupe d'organiser ce bal. Car il ne s'agit pas de n'importe quelle fête. C'est le bal de la Saint-Valentin, et les garçons et les filles pourront s'inviter entre eux et danser ensemble. Autant dire que Clyde en frissonne d'avance !

– Bien, chers amis du comité de danse, faisons un

petit point sur les préparatifs pour le bal ! annonce Cheryl. Chloé, tu étais chargée de la musique, où en es-tu ?

– J'ai convaincu ma petite sœur de venir mixer, répond cette dernière. Regardez cette photo, elle était aux platines lors de la soirée électro-senior.

Elle sort son téléphone pour montrer l'image à Cheryl. On y voit un

bébé avec une tétine et des lunettes disco qui semble très à son aise derrière une platine de mixage. Autour d'elle, les personnes âgées ont l'air ravies et s'amusent comme des folles. Finalement, il n'y a pas d'âge pour être compétent : Lincoln a bien une petite sœur, Lisa, qui est capable de résoudre des équations à plusieurs inconnues !

– Oh, ils ont l'air de bien s'éclater sur la piste de danse, admire Cheryl. Ta sœur doit être très douée. Beau boulot, Chloé !

Elle se tourne vers Emma et change de sujet :

– Et maintenant, parlons un peu de la décoration. Où en est-on ?

– Ça avance bien, répond la jeune fille. Ryker m'a beaucoup aidée.

Ce dernier se met à tousser : il a des paillettes plein les cheveux, sur les mains, dans le cou et visiblement dans la bouche. En effet, il a dû énormément aider !

– Vous allez voir, ça va scintiller de mille feux ! conclut fièrement Emma.

Elle lance des cœurs pailletés dans tous les sens, qui retombent en pluie dans la pièce. En effet, ça promet d'être impressionnant !

D'autant plus qu'au milieu de cette avalanche de cœurs, Clyde la regarde avec de grands yeux énamourés. Malheureusement, il est incapable de lui parler et se contente de soupirer.

Il s'imagine sa vie plus tard, s'il était en couple avec Emma. Ils promèneraient leur chien ensemble, main dans la main à travers le parc. Elle se tournerait vers lui et dirait :

– Clyyyyyde ?

Bizarre ! Elle a la voix de Cheryl…

Brutalement tiré de son rêve éveillé, Clyde revient à la réalité. C'est bien la secrétaire qui vient de l'appeler ; elle se tient juste devant son bureau.

– Alors, mon grand, tu as décidé ce que tu allais faire comme dessert pour le bal ?

– Mmh ? marmonne Clyde, qui a du mal à réorganiser ses pensées. Oh, oui, bien sûr, la table des desserts !

Voilà au moins un domaine dans lequel il peut briller. C'est un excellent pâtissier lorsqu'il s'y met !

Il saute de son bureau et enlève un drap qui dissimulait un chariot dans un coin. Dessus se trouvent toutes sortes de desserts, tous plus délicieux les uns que les autres ! Des parts de tarte côtoient des éclairs, des tartelettes ou des îles flottantes.

– Voilà ! J'ai pensé faire simple mais élégant, explique-t-il. Ce sont des échantillons. Quelqu'un veut goûter ?

– Moi ! s'écrient tous les enfants, impressionnés.

Même Cheryl lève la main, aussi excitée que les autres. Mais c'est la réponse d'Emma qui intéresse le plus Clyde.

– Moi, je veux bien en goûter un ! souffle-t-elle.

– Bien sûr, tiens ! lui dit Clyde en lui donnant une part de gâteau au chocolat.

Lorsqu'elle prend l'assiette, leurs mains se touchent de nouveau et, de nouveau, il sent un frisson le parcourir des pieds à la tête. Il y a du progrès : autrefois, un simple regard de Lori suffisait à le faire tomber dans les pommes !

Il n'attend qu'une chose, qu'elle goûte la pâtisserie et qu'elle s'émerveille devant lui… mais la sonnerie de l'école retentit.

– Parfait, mes petits anges, conclut Cheryl. On se revoit vendredi, le jour du bal, pour la touche finale. N'oubliez pas de vous mettre sur votre trente-et-un !

Elle ne perd pas le nord et en profite pour attraper deux gâteaux avant de disparaître dans le couloir.

Cette fois-ci, Clyde est bien décidé à proposer à Emma de venir au bal avec lui. Mais que faire si elle refuse ? Il ne pourra jamais se remettre de cette déception !

Comment savoir ?

Après les cours, Clyde décide de prendre les choses en main. Il attend Emma à la sortie de la classe, nonchalamment accoudé à un casier. L'ennui, c'est qu'il n'est pas nonchalant du tout – au contraire, il est terrorisé. Il n'a jamais rien fait d'aussi effrayant – et pourtant, lorsqu'il joue avec Lincoln à Ace Savvy et Jack le Borgne, il a déjà

affronté des super-vilains et le crime international. Mais aucun des méchants de ses BD ne le terrifie autant que la réponse d'Emma.

– Invite-la au bal, invite-la au bal, se répète-t-il en boucle.

Mais lorsqu'Emma passe devant lui avec Chloé, il reste muet, un sourire niais sur le visage. Ce n'est que quelques secondes plus tard qu'il parvient à retrouver son courage. Il se racle la gorge et tente :

– Euh, excuse-moi ?

Mais soudain, une voix derrière lui le fait sursauter.

– Alors comme ça, tu veux inviter Emma au bal ?

C'est Rusty, l'un des garçons de sa classe. Et il n'est pas seul ! Tous les amis de Clyde sont là aussi : Zach, Stella, Liam… et Lincoln, bien sûr ! Ils arborent des sourires amusés, comme s'ils avaient tout compris. D'ailleurs, c'est exactement le cas.

– Tu peux lire dans mes pensées ? demande Clyde, stupéfait.

– Non, mais ça se voit à ta tête, intervient Zach. Alors, qu'est-ce qui te retient ?

– J'ai tellement peur qu'elle me dise non, soupire Clyde. J'en aurais le cœur brisé… sans compter que je me taperais la honte de ma vie ! Je ne peux pas lui demander tant que je ne suis pas sûr à 100 % qu'elle m'aime bien.

– Oh, ne t'inquiète pas, déclare Rusty en commençant à suivre Emma dans le couloir. Si tu n'en as pas le courage, je vais aller lui demander directement ce qu'elle pense de toi.

Le garçon est plein de bonne volonté, mais Clyde imagine déjà la catastrophe ! Il rattrape son ami par le col et l'arrête net.

– Ne le prends pas mal, mais je ne suis pas sûr que ce soit hyper subtil comme approche, proteste-t-il. Il doit bien y avoir une façon discrète de savoir si elle m'aime bien, non ?

Ses amis se regardent ; ils n'ont jamais vu Clyde dans un tel état. Il va falloir faire quelque chose.

– Ne t'en fais pas, on va t'aider, lance Stella.

La mission « découvrir si Emma a des sentiments pour Clyde » a commencé !

Comme un agent secret, Rusty s'est caché derrière les poubelles et surveille la cible pendant qu'elle range ses affaires dans son casier. Bon, il n'est pas vraiment aussi discret qu'un vrai espion, on peut même dire qu'il est particulièrement visible, mais heureusement, elle ne regarde pas dans sa direction, trop occupée à dire au revoir à sa copine Chloé.

– À tout à l'heure ! lance celle-ci.

– À plus, Chloé, répond Emma.

Rusty se précipite pour aller prévenir son ami :

– La voie est libre, c'est parti !

– Bon, alors, quel est le plan ? demande Clyde.

Il n'a pas le temps de terminer sa phrase que Rusty lui vide une bouteille de parfum dans les cheveux. Surpris, Clyde renifle… et grimace :

– Beurk, maintenant, je sens le bacon fumé.

– Oui, j'adore cette odeur, confirme Rusty, ravi. Mon cousin m'a dit que si une fille remarque ton eau de Cologne, ça veut dire qu'elle t'aime bien.

Clyde réfléchit à toute vitesse. Il déteste ce parfum mais ce n'est pas à lui que ça doit plaire. Il est là pour séduire Emma ! Tous les moyens sont bons, même s'il doit sentir le cochon grillé pour ça.

– Bon, c'est vrai qu'il est plus âgé et qu'il avait une copine cet été à la colonie de vacances, admet-il.

Il hésite encore alors que Rusty l'attrape et le pousse dans le couloir, à côté d'Emma, qui range toujours son casier.

– Aaah ! crie Clyde.

Lorsque la fille se tourne vers lui, Rusty bondit dans la poubelle pour les laisser seuls… mais pouvoir tout de même observer la scène.

Emma renifle l'air et sourit :

– Oh, Clyde, j'ignorais que tu portais du parfum !

– Oui, euh, c'est un musc pour homme avec de légers accents boisés, invente le garçon précipitamment.

Il tente de prendre une pose décontractée en s'appuyant contre le casier, et essaie un sourire charmeur.

– Cool ! lance Emma en partant.

Bon, Clyde aurait aimé discuter plus longtemps avec elle, mais ce n'est pas le plus important : elle a remarqué son eau de Cologne ! Lorsqu'elle est trop loin pour le voir, il lève le pouce en direction de Rusty, toujours dans sa cachette.

– Et boum ! se réjouit ce dernier en jaillissant de la poubelle. C'est clair, elle t'aime bien !

– C'est vrai qu'elle a remarqué l'eau de Cologne, s'enthousiasme Clyde.

Mais sa confiance en lui retombe aussi vite qu'elle est montée :

– Peut-être qu'elle a juste un super odorat, comme mes chats quand ils

reniflent le saumon. Désolé, mais il va me falloir une autre preuve.

Dépité, Rusty essaie de sortir de la poubelle… et tombe sur le sol au milieu des ordures !

Il est temps de passer au plan suivant…

Des preuves à gogo

La prochaine classe se déroule dans l'amphithéâtre, une grande salle en demi-cercle avec plus de cent fauteuils. Les cinq amis s'installent côte à côte, en laissant Clyde avec une place libre à côté de lui.

– Tu vas voir, c'est simple comme bonjour, explique Liam. Tout ce que tu as à faire, c'est garder la place près

de toi. Si Emma se met là, ça veut dire qu'elle en pince pour tes beaux yeux.

– Euh, mais comment est-ce que tu sais ça, toi ? demande Clyde, méfiant.

– Facile, c'est comme ça qu'Omelet et Œufélie se sont mis ensemble, répond le garçon en montrant une photo de son coq avec l'une de ses poules. Omelet est tombé amoureux d'Œufélie au premier regard. Alors, il lui a fait une place à côté de lui dans le poulailler. Et elle s'y est mise.

Clyde regarde les images, sur lesquelles on voit le coq et la poule en train de filer le parfait amour. Voilà qui est convaincant.

– Bon, si ça a marché pour Omelet, ça peut marcher pour moi, admet le garçon.

Il pose son sac sur la place à côté de lui pour la réserver. Mais déjà, Emma arrive dans l'amphithéâtre !

– Attention, la voilà, souffle Clyde.

Il est terrorisé et s'enfonce tellement dans son siège qu'on ne voit plus que ses yeux. Mais, à côté de lui, Liam lui donne une bourrade :

– Vite, essaie d'avoir l'air cool !

Clyde se redresse juste à temps : Emma s'approche de sa rangée !

– Salut, cette place est libre ? lui demande-t-elle.

Cette fois-ci, tous les doutes du garçon se dissipent. Ça ne peut pas être une coïncidence, n'est-ce pas ? Il a les yeux qui brillent alors qu'il enlève son sac.

– Oui, il n'y a personne, elle est à toi, bredouille-t-il avec un rire gêné.

Il époussette très vite le siège et elle s'installe en souriant :

– Merci beaucoup !

– Cocoricool ! murmure Liam à l'oreille de son ami. On dirait qu'Emma aussi est amoureuse.

Clyde est sur un petit nuage. Cette fois-ci, il est convaincu que ses sentiments sont réciproques. Mais soudain, un doute atroce l'assaille. Il regarde autour de lui : l'amphithéâtre est bondé ! Tout le monde discute dans un brouhaha indescriptible.

Voilà qui le refait hésiter :

– En même temps, c'était la seule place qui restait… Il me faut une autre preuve.

Encore ? Est-ce que tout ça ne serait pas une stratégie de Clyde pour ne jamais demander à Emma de venir au bal avec lui, parce qu'il n'en a pas le courage ?

Dans le doute, il est temps de passer au plan suivant.

Pendant la pause, Emma se rend à la bibliothèque… et Clyde la suit, accompagné de Lincoln et de Zach. Ils s'installent à la table d'à côté pour pouvoir surveiller la jeune fille. Pour trouver de nouvelles idées, Lincoln s'est plongé dans les dossiers de *Seize ans et demi magazine.*

– On n'est pas un peu jeunes pour lire ça ?

s'inquiète Zach. On n'a pas seize ans et demi, après tout !

– Je l'ai emprunté à Lori, répond Lincoln d'un air détaché. D'après cet article, le meilleur moyen de savoir si quelqu'un vous aime bien, c'est de lui emprunter un stylo. Si elle vous prête un beau stylo avec un pompon ou une ampoule, c'est qu'elle vous aime bien.

Si elle vous prête un stylo normal, vous êtes juste des amis. Et si elle vous prête un crayon à papier, elle ne vous aime pas.

– Waouh, lancent Clyde et Zach en même temps.

Voilà donc la sagesse qu'on trouve dans les magazines qu'ils n'ont pas encore le droit de lire ? Pourquoi est-ce qu'ils n'apprennent pas des méthodes aussi scientifiques en classe ? Ce serait plus intéressant que des multiplications et des divisions !

En tout cas, Clyde est bien décidé à suivre des conseils aussi précis. Il lance son crayon en arrière (et le fait rebondir sur la tête de Zach au passage) pour faire semblant de ne pas en avoir pour écrire.

– OK, c'est parti ! gronde-t-il.

Il prend son courage à deux mains et se rapproche de la table de la jeune fille.

– Euh, salut Emma, parvient-il à articuler. Dis, je ne trouve pas mon stylo. Je pourrais t'en emprunter un ?

– Bien sûr ! s'écrie son amie. Attends, je regarde dans ma trousse.

Sa main hésite au milieu de nombreux stylos de toutes les tailles et de toutes les qualités. C'est fou ce qu'elle est organisée ! Clyde ferme les yeux ; il n'ose pas voir le résultat qui scellera son destin.

– Tu n'as qu'à prendre, euh… celui-là ! conclut Emma en lui en tendant un.

Clyde retrouve ses amis dans le couloir… et exhibe fièrement le stylo à pompon qu'elle vient de lui donner. Et ce n'est pas tout ! D'un simple geste du doigt, il allume l'ampoule qui sert de décoration.

– Waouh ! s'écrient ses amis en chœur.

Ils sont tous du même avis : cette fois-ci, même Clyde le défaitiste ne pourra pas trouver d'excuse.

– Pompon ET ampoule à la fois ? Alors là, tu es trop verni, Clyde ! lance Lincoln. Bon, ça y est, tu vas l'inviter maintenant ?

Au lieu de se réjouir, son ami baisse les yeux.

– Oh, je ne sais pas trop, soupire-t-il. C'est un joli stylo mais elle a peut-être pris le premier qui lui est tombé sous la main.

Ah, tiens, Clyde arrive tout de même à trouver des excuses… Tous ses amis se frappent le visage, blasés.

– Non, mais ce n'est pas vrai ! s'énerve Lincoln.

– Oh, Clyde, soupire Stella, déçue.

– Rhôô, tu es agaçant à la longue, grince Zach.

– J'ai toujours peur qu'elle me dise non, explique Clyde, avant d'ajouter : Si seulement je pouvais voir l'avenir !

– Eh bien, en fait, grâce à ma grand-mère, je vais peut-être pouvoir t'aider, lance Stella en souriant.

En effet, sa grand-mère a des dons de voyance et sa petite-fille est convaincue qu'elle est capable de lire l'avenir. Clyde ne sait pas s'il croit au paranormal, mais il est prêt à tout

pour se rassurer et pour trouver le courage de demander à Emma de l'accompagner au bal !

La déclaration

Le petit groupe se rend dans un café à côté de l'école, et Stella se remplit une tasse.

– Ta grand-mère t'a appris à lire dans les feuilles de thé ? s'émerveille Liam.

– Oui, et elle est super forte, confirme Stella. Une fois, elle a vu une couronne dans son thé wulong et prédit qu'on allait déménager à Royal Woods.

Elle tend la tasse à Clyde, qui boit d'un trait le thé avant de la lui rendre. Aussitôt, elle examine le fond… même si elle est gênée par la tête de son ami, qui essaie d'apercevoir quelque chose aussi.

– Alors, qu'est-ce que tu vois ? demande-t-il, impatient.

– Un panini trois fromages, devine Rusty en se penchant à son tour.

Bientôt, tous les amis de Clyde se bousculent pour mieux voir. Heureusement, Stella parvient tout de même à déchiffrer les signes.

– Ce n'est pas un panini, corrige-t-elle. C'est Clyde au bal.

Elle plisse les yeux et ajoute :

– On dirait que tu portes… une tenue de chef cuisinier.

– C'est bizarre, pourquoi est-ce que je ne suis pas en costume ? s'étonne Clyde. Mais c'est vrai que j'ai une tenue de cuisinier chez moi. Qu'est-ce que tu vois d'autre ?

– Tu as l'air heureux, continue Stella. Et tu… tu danses avec quelqu'un. Oh ! C'est une fille avec des cheveux châtains !

Les enfants se regardent, ravis. Cette fois-ci, il n'y a plus de doute !

– C'est Emma ! crie Clyde.

– Ouais ! se réjouissent les autres.

– Alors, tu vas lui demander, maintenant ? insiste Lincoln.

Ils n'ont quand même pas fait tout ça pour rien. Tous les signes pointent dans la même direction ! Cette fois-ci, même Clyde est convaincu.

– Et comment ! lance-t-il. Et pour faire ma demande, je vais m'inspirer de mon film préféré : *Il Ballo Finale* !

C'est un film romantique italien, dans lequel un homme déclare sa flamme à la femme de sa vie dans une gondole à Venise. Autant dire que ça ne représente pas vraiment la vie à Royal Woods…

– Je vais avoir besoin de votre aide, reprend Clyde.

– Tu veux quoi, qu'on se déguise en zombie ? suggère Rusty.

Cela tombe bien, il pourrait réutiliser son déguisement d'Halloween ! Et puis, c'est toujours sympa de se promener dans les couloirs de l'école en agitant les bras et en murmurant « cerveau… cerveau… ».

Mais Clyde n'est pas de cet avis.
– Non, pas tout à fait, corrige-t-il.

Pour sa déclaration, Clyde a décidé de faire les choses en grand, devant toute l'école. Rien ne sera trop beau pour Emma !

Les portes de la cantine s'ouvrent brutalement pour laisser passer Liam et Rusty, habillés en angelots avec une couche et des ailes dans le dos. Ils soufflent quelques notes dans une trompette pour attirer l'attention de tous les élèves.

Clyde fait ensuite son entrée, dans une gondole tirée par Zach et Stella. Il a enfilé un costume et tient une rose entre les dents ; décidément, il

est parfait ! Lincoln se dresse à côté de lui, déguisé en gondolier, avec un balai en guise de rame.

Le seul souci, c'est que la gondole va tellement vite qu'elle ne s'arrête pas à temps et percute la table où Emma discutait avec sa copine Chloé. Sous le choc, Clyde recrache la rose – mais il ne se laisse pas abattre pour autant et sort un gâteau en forme de cœur.

– Emma, veux-tu être ma cavalière au bal de la Saint-Valentin ? s'exclame-t-il.

Ça y est, enfin, il a fait sa demande ! Et devant tout le monde, en plus. Mais Emma ne réagit pas comme il l'espérait. Il pensait qu'elle lui sauterait au cou sous les applaudissements de toute la cantine. À la place, elle évite son regard.

– Je suis vraiment désolée, Clyde, finit-elle par souffler. Mais… je préfère qu'on reste amis.

Amis. Amis…

AMIS ? Seulement amis ?

Le choc est trop violent pour le pauvre garçon. Il pensait pourtant avoir pris toutes les précautions possibles ! Il s'effondre dans sa gondole, évanoui. Zach et Stella se dépêchent de l'évacuer tandis que Liam et Rusty jouent quelques notes d'une marche funèbre. Ce qui devait être l'heure de gloire de Clyde s'est transformé en humiliation suprême !

Le soir, lorsque les pères de Clyde viennent le chercher, il surgit des buissons et court vers la voiture pour ne pas se faire remarquer par les élèves.

– Fonce, fonce, fonce ! crie-t-il.

– Qu'est-ce qu'il y a, mon cœur ? s'étonne Howard. Tu fuis quelqu'un ou quoi ?

– Je ne fuis pas quelqu'un, je fuis tout le monde ! gémit Clyde. Je me suis fait rejeter par une fille devant toute l'école ! C'était la honte de ma vie. Je ne pourrai jamais y retourner !

– Mais Clyde, c'est le bal de la Saint-Valentin ce soir, proteste Harold. Tu avais l'air si impatient d'y aller…

– Tu as préparé des desserts pour ça toute la semaine, ajoute Howard.

– Je n'irai pas au bal ce soir, insiste Clyde. J'ai démissionné du comité et donné à Cheryl l'adresse de Gianni, le pâtissier.

– Mais, trésor..., commence à protester Harold.

– S'il vous plaît, je n'ai plus très envie d'en parler, l'interrompt Clyde avec un gros soupir. Est-ce qu'on peut rentrer à la maison ?

Ses parents ne l'ont jamais vu dans un tel état…

Clyde à la rescousse

Le soir, Clyde est toujours aussi déprimé. Il se prépare à aller se coucher lorsqu'il entend des bruits venant du salon. Ses parents sont en train de regarder… *Il Ballo Finale !*

– Graziana, veux-tu être ma cavalière au bal de la Saint-Valentin ? demande le héros avec un fort accent italien.

Il arrive en gondole sous le pont où elle l'attendait et lui tend un cœur en gâteau.

– Oui, rien ne pourrait me faire plus plaisir, répond la jeune femme.

Elle saute dans ses bras et manque de faire chavirer la gondole !

– Mais enfin ! Pourquoi est-ce que vous regardez ce film ? s'étrangle Clyde

en s'interposant devant la télévision. Pitié, arrêtez-le !

Harold se précipite pour obéir mais ils ont beaucoup de télécommandes et il a du mal à trouver la bonne !

– Pas celle-là, pas celle-là, grimace-t-il en les passant toutes en revue.

Enfin, il parvient à éteindre la télévision.

– Désolé, mon cœur, je croyais que *Il Ballo Finale* était l'un de tes films préférés, s'étonne-t-il. On l'a mis pour te remonter le moral.

– Ça l'était… jusqu'à aujourd'hui, marmonne Clyde, recroquevillé en position fœtale sur le sol.

Il remonte dans sa chambre en rampant et s'allonge sur le lit, déprimé. Il a déjà mangé plusieurs pots de glace, comme on le voit dans les séries quand quelqu'un a un chagrin d'amour, mais ça ne l'a pas aidé – au contraire, il a un peu mal au ventre maintenant !

Soudain, l'écran de sa tablette s'illumine. C'est un message de Lincoln ! « Salut, mon pote. J'espère vraiment que tu vas venir au bal. » Puis un message de Rusty : « Tu es où, mon gars ? Tu vas tout rater ! » Puis de Zach : « Mort de rire ! Le dirlo vient de faire tomber sa perruche dans le jus de fruits ! »

Perruche ? Le directeur n'a pourtant jamais eu d'oiseau… Mais l'explication vient avec le message suivant : « Correcteur orthographique à la noix ! Je voulais dire *perruque* ! C'est sa *perruque* qui est tombée dans le jus de fruits ! »

Ces messages n'aident pas du tout Clyde ; au contraire, il se rend compte de tout ce qu'il est en train de rater parce qu'il a fait sa demande à Emma. Il se bouche les oreilles pour ne pas entendre les notifications, mais soudain, son père entrouvre la porte de sa chambre :

– Euh, mon cœur, c'est Cheryl au téléphone. Je sais que tu ne veux parler à personne de l'école, mais elle a dit que c'était urgent.

Clyde pousse un long soupir et s'empare du combiné. Il a quitté son lit et gît désormais sur le sol.

– Bonsoir, Cheryl, grogne-t-il.

– Désolée de t'embêter, mon petit Clyde, déclare la secrétaire. Je sais que tu as démissionné du comité de danse mais là, c'est vraiment une

urgence absolue. Le pâtissier a livré le mauvais gâteau !

En effet, la pâtisserie représente deux enfants ; le carton indique « FÉLICITATIONS POUR VOS JUMELLES TAMMY ET KAY » ! C'était un gâteau prévu pour une naissance et pas du tout pour le bal de l'école. Gianni a dû mélanger deux commandes !

– Je suis très contente pour les nouvelles mamans, mais on ne peut pas avoir un gâteau en l'honneur de leurs bébés à un bal de la Saint-Valentin, reprend Cheryl, désespérée. Est-ce que tu pourrais venir arranger ça ?

D'habitude, Clyde est toujours prêt à aider, mais il n'a qu'une seule envie : rester au lit pour évacuer son chagrin. Sans compter qu'il est sûr d'être l'objet de toutes les moqueries si jamais il se rend là-bas !

– Je suis désolé, Cheryl, mais non, réplique-t-il fermement.

– Je t'en supplie, insiste la secrétaire. Tu es le seul à pouvoir nous sortir de cette galère !

Clyde pousse un soupir à fendre l'âme. Il a toujours été trop gentil. Il aimerait raccrocher au nez de Cheryl, mais il ne peut ignorer sa détresse – malgré son propre désespoir.

Clyde n'a pas la moindre intention d'être remarqué. Après avoir enfilé son costume de cuisinier – complet, avec une grande moustache –, il arrive enfin au bal de la Saint-Valentin.

Tout le monde est en train de danser, tandis que la petite sœur de Chloé se tient derrière les platines, comme prévu. Pour un bébé, elle se débrouille vraiment bien ! Les gens s'amusent comme des fous tandis que, dans un coin, Emma fait quelques pas de danse classique avec ses amies. Elle est tellement éblouissante que Clyde ne voit qu'elle.

Déprimé, résolu à ne pas se faire voir, il se faufile jusqu'au buffet à côté de Cheryl.

– Psst ! C'est moi ! souffle-t-il en enlevant puis remettant sa fausse moustache.

– Oh, trop amusante, ta moustache, glousse Cheryl. On dirait qu'une chenille s'est écrasée sur ton visage ! Bon, est-ce que tu peux arranger ça ?

Clyde regarde le désastre. Ce gâteau n'a absolument rien à voir avec celui qui était prévu. Pourtant, il en va de sa réputation.

– Hmm, ça ne va pas être facile, mais je devrais y arriver, soupire-t-il en faisant claquer ses gants.

D'ailleurs, ils claquent si fort qu'il parvient à se faire mal ! Mais ce n'est pas ça qui va l'arrêter. Il sort la crème chantilly, le glaçage, le sucre, et commence à travailler. Des morceaux jaillissent dans tous les sens !

Lorsqu'il a fini, le gâteau ne ressemble plus du tout à deux bébés : il est parvenu à recréer des cœurs pour célébrer la Saint-Valentin !

– Oh, là là, il est magnifique ! s'extasie Cheryl. Tu veux que je t'en coupe un petit bout pour la route ?

– Non, merci, répond Clyde. Il faut que j'y aille.

– Comme tu voudras, répond la secrétaire en le regardant partir.

Elle jette un coup d'œil à droite, à gauche, puis enfonce son doigt dans le gâteau avant de le lécher. Il a l'air tellement appétissant qu'elle n'arrive pas à résister !

– Mais enfin, Cheryl, qu'est-ce que tu fais ? se sermonne-t-elle tout en continuant à manger.

Tu veux danser avec moi ?

De son côté, Clyde retourne dans le couloir et enlève sa moustache, déprimé. Revoir Emma sur la piste de danse lui a de nouveau brisé le cœur. Il aurait largement préféré rester chez lui à gémir dans son lit.

Mais soudain, une voix féminine retentit derrière lui :

– Clyde ?

C'est Chloé, qui est en train de boire à la fontaine d'eau. Affolé, il recolle sa moustache et tente de donner le change. Il n'a aucune envie d'être reconnu pour qu'on se moque de lui !

– Ma qui c'est, cé Clyde, demande-t-il avec un très mauvais accent italien. Yé souis Gianni, lé pâtissier qui a fait lé gâteau !

Tout en parlant, il recule pas à pas pour essayer de s'enfuir – et trébuche contre la poubelle ! Il s'effondre au milieu des ordures. Décidément, les humiliations ne cesseront jamais !

Mais au lieu de se moquer, Chloé sourit gentiment :

– Haha, tu es trop drôle.

Elle le prend par la main pour l'aider à se relever puis la lâche soudain, gênée.

– Hé, euh… je voulais te dire un truc, Clyde, marmonne-t-elle.

– Oui, je sais, soupire le garçon. Tu vas te moquer de moi parce que je me suis fait rejeter par Emma.

– Non, je ne veux pas me moquer de toi ! proteste-t-elle. Au contraire, je voulais te dire que j'ai trouvé ta demande très romantique. Ça a dû te demander beaucoup de courage de faire ça devant tout le monde.

Clyde ne s'attendait pas du tout à une telle remarque, et il se met à rougir furieusement.

– Oh, merci, souffle-t-il.

– Et le gâteau en forme de cœur avec lequel tu as fait ta demande avait l'air délicieux ! continue-t-elle. Tu pourrais carrément participer à *Opération Tempête du Dessert* !

C'est un programme de télévision dans laquelle les pâtissiers s'affrontent pour faire le meilleur gâteau, et Clyde adore la regarder.

– C'est mon émission préférée ! s'enthousiasme-t-il.

– La mienne aussi ! se réjouit Chloé.

Clyde passe un très bon moment, mais il y a quand même quelque chose qui cloche. C'est normal qu'il ait essayé de s'enfuir dans le couloir, mais que faisait son amie ici alors que tout le monde est en train de danser ?

– Et toi, alors, tu n'es pas avec ton cavalier ? s'étonne-t-il.

– Oh, je n'ai pas de cavalier, je suis venue avec mes amies, réplique Chloé en souriant. D'ailleurs, je ferais bien d'y retourner. Bonne soirée, Clyde !

Elle se détourne et le garçon reste seul au milieu des ordures. Il n'a pas envie de la voir partir aussi vite ! Si elle n'a pas de cavalier… et si lui n'a pas de cavalière… alors peut-être qu'ils pourraient danser ensemble ?

– Invite-la à danser, invite-la à danser, se répète-t-il en boucle.

Malheureusement, il n'a pas le temps de refaire tous les tests qu'il a effectués avec ses amis. Chloé ne lui a jamais prêté de stylo, ne s'est pas assise à côté de lui et n'a pas remarqué son parfum (en même temps, il n'en a pas mis aujourd'hui). Mais, de toute façon, rien de tout cela n'a fonctionné avec Emma. Alors pourquoi ne pas se lancer ?

Il prend une dose de Ventoline puis court après la jeune fille :

– Chloé, attends ! Je sais que le bal est presque terminé, mais ça te dirait de danser avec moi ?

– Oui, avec plaisir, répond-elle en souriant. Justement, j'adore cette chanson !

Alors, c'était aussi facile que ça ? Il n'aurait jamais dû s'inquiéter autant !

– Moi aussi, s'émerveille Clyde. Après toi !

Il ouvre la porte et elle le tire par le bras. Le voilà sur la piste de danse et personne ne se moque de lui. Au contraire, ses amis se précipitent autour de lui, ravis.

– Hé, regardez. Clyde est là ! lance Lincoln.

– Oh, génial, tu es venu finalement, se réjouit Liam.

– Trop contente que tu sois là ! sourit Stella.

– Trop cool ! glousse Zach.

Dans un coin, même Emma lui fait un sourire timide et le salue de la main. Elle n'a pas voulu qu'il se fasse des idées, mais ça n'empêche pas qu'elle a très envie de rester amie avec lui.

Le garçon est incroyablement soulagé. Il pensait qu'elle ne voudrait plus jamais lui parler !

– Allez, viens danser, le pousse Lincoln.

Clyde se met à se déhancher en face de Chloé, qui hausse un sourcil impressionné :

– Hé, tu te défends bien !

Ils sautent tous les deux en l'air et, lorsqu'ils retombent, ils ont échangé leur chapeau. Clyde porte le béret de Chloé et elle a enfilé la toque de cuisinier. Décidément, ils s'entendent super bien !

– Tout ça m'a donné soif, je vais nous chercher à boire ! déclare le garçon.

Il se dirige vers le buffet en compagnie de son amie et plonge la louche dans le saladier de jus de fruits. Mais il repêche une sorte de serpillière grisâtre écœurante qui se trouvait tout au fond.

– Qu'est-ce que c'est que ça ? grimace-t-il.

– Oh, la moumoute de M. Huggins ! intervient Cheryl en se glissant devant eux. Il l'a cherchée toute la soirée !

C'est vrai que Zach en avait parlé par texto… mais Clyde n'aurait jamais pensé tomber dessus comme ça. Peut-être qu'il ne va pas prendre de jus de fruits, finalement ; la moumoute ne lui inspire aucune confiance.

Mais ça ne va pas l'empêcher de passer une soirée extraordinaire. Les prédictions de Stella étaient exactes :

il est bien en train de danser avec une fille aux cheveux châtains. Sauf que ce n'est pas Emma, mais Chloé !

Le plus important, dans cette histoire, ce n'est pas vraiment la moumoute du directeur… mais le fait que Clyde ait survécu à ce qu'il prenait pour une humiliation devant toute l'école. Il a réussi à surmonter sa peur pour faire sa demande et ça, ce n'est pas honteux, c'est même plutôt impressionnant.

En tout cas, ça a impressionné Chloé !

FIN

As-tu lu les autres aventures de Lincoln ?

Tome 1

Tome 2

Tome 3

Tome 4

Tome 5

Tome 6

Tome 7

Tome 8

Tome 9

Tome 10

Tome 11

Tome 12

Tome 13

Tome 14

Tome 15

Tome 16

Tome 17

Tome 18

Tome 19

Tome 20

Tome 21

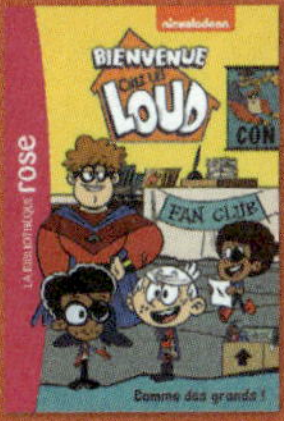

Tome 22

Tome 23

Tome 24

Tome 25

Tome 26

Tome 27

Tome 28

Tome 29

Tome 30

Tous tes héros sont sur
www.bibliotheque-rose.com

Tu as aimé cette histoire ?
Retrouve la famille Loud
dans le prochain tome !

Vu sur Nickelodeon
www.nickelodeon.fr

nickelodeon
BIENVENUE CHEZ LES LOUD
COLLECTIONNE TOUTES LES BD DE TA FAMILLE PRÉFÉRÉE !
Tome 1
Tome 2
Tome 3
Tome 4
Tome 5
Tome 6
Tome 7
Tome 8
Tome 9
Tome 10
Tome 11
Tome 12
Tome 13
Intégrale 1 : Tomes 1/2/3
Intégrale 2 : Tomes 4/5/6
Retrouve ta série sur nickelodeon
hachette

Table

hachette s'engage pour l'environnement en réduisant l'empreinte carbone de ses livres. Celle de cet exemplaire est de :
300g éq. CO_2
Rendez-vous sur
www.hachette-durable.fr

PAPIER À BASE DE
FIBRES CERTIFIÉES

Photogravure Nord Compo - Villeneuve-d'Ascq
Imprimé par Rotolito Romania en Roumanie
Dépôt légal : décembre 2021
Achevé d'imprimer : novembre 2021
68.5971.5/01 – ISBN 978-2-01-716216-2
Loi n° 49956 du 16 juillet 1949
sur les publications destinées à la jeunesse